LAST RIVER TOGETHER

Leopoldo María Panero

tradução de Pedro Spigolon

edição bilíngue

editora Urutau
2019

O —

editora Urutau

rúa juan bautista de andrade, 67 – 5ºA
36005 pontevedra

rua adolpho arruda, 41
jardim das laranjeiras 12910 455
bragança paulista-sp
brasil

[+34] 644 951 354 [galiza]
[+55] 11 948 592 426 [brasil]

www.editoraurutau.com.br
contato@editoraurutau.com.br

[EDITORES]
tiago fabris rendelli & wladimir vaz
[REVISÃO]
marina b. laurentiis & elena balboa
[DIAGRAMAÇÃO E CAPA]
wladimir vaz
[fotografia]
cedida por charo alonso panero
[imagem da capa]
de kruisdraging, hieronymus bosch
[ISBN]
978-85-7105-141-6

sumario//sumário

epílogo

epílogo

para Conchita Sitges, *in memoriam*
que este libro la acompañe en su muerte,
que ya va siendo tan larga como mi vida.

para Conchita Sitges, *in memoriam*
que este livro a acompanhe em sua morte,
que já vai sendo tão longa como minha vida.

Más allá de los guerreros moribundos
y de la espada en ruinas de la vida
reina sobre lo puro arrasado
una flor a quien llaman violeta nocturna.
— ALEKSANDR BLOK

Ma fille — ma, car vous êtes à tous,
Donc aucun d'eux ne fut valable maître,
Dormez enfin, et fermons la fenêtre:
La vie est close, et nous sommes chez nous.
— *MADRIGAL*, DE ALFRED JARRY

I' vo come colui ch'è fuor di vita,
che pare, a chi lo sguarda, ch'omo sia,
*fatto di rame o di pietra o di legno,**
sol uno fior mi trae della ferita,
sol a uno sguarda credo ch'io sia.
— *TU M'HAI SÌ PIENA DI DOLOR LA MENTE*,
DE GUIDO CAVALCANTI

* Apenas os três primeiros versos são de autoria de Guido Cavalcanti. Os outros dois versos subsequentes foram acrescentados pelo próprio Leopoldo María Panero.

A Francisco

Suave como el peligro atravesaste un día
con tu mano imposible la frágil medianoche
y tu mano valía mi vida, y muchas vidas
y tus labios casi mudos decían lo que era el pensamiento.
Pasé una noche a ti pegado como a un árbol de vida
porque eras suave como el peligro,
como el peligro de vivir de nuevo.

A Francisco

Suave como o perigo, atravessaste um dia
com tua mão impossível a frágil meia-noite
e tua mão valia minha vida, e muitas vidas
e teus lábios quase mudos diziam o que era o pensamento.
Passei uma noite agarrado a ti como a uma árvore de vida
porque eras suave como o perigo,
como o perigo de viver de novo.

El Baccarrá en la noche

¿Quién me engaña en la noche, y aúlla
pidiéndome que salga, que salga a la calle y camine,
y corra, y atraviese las calles como perro rabioso
las calles desiertas en que es siempre de noche,
buscando locamente el *baccarrá en la noche*?

¿Quién despierta, qué hembra mortal o pájaro para decirme
que aún vivo, que aún deseo, que tengo
todavía que imprimir una última dirección a mis ojos
para buscar el baccarrá en la noche?

¿Qué uñas escarban mi vejez, y qué mano que no perdona
tortura mi muñeca, conduciéndome
como a un *lugar seguro*, al baccarrá en la noche?

¿Qué mano de madre, qué oración susurran
luna tras luna los labios de la luna
gritando en medio de la calle a solas
descubriéndome en la acera, denunciando a todos

O Bacará na noite

Quem me engana na noite, e uiva
pedindo-me que saia, que saia na rua, e caminhe
e corra, e atravesse as ruas como um cão raivoso
as ruas desertas em que é sempre noite
buscando loucamente o *bacará na noite*?

Quem desperta, que fêmea mortal ou pássaro para dizer-me
que ainda vivo, que ainda desejo, que ainda tenho
que imprimir uma última direção a meus olhos
para buscar o bacará na noite?

Que unhas escavam minha velhice, que mão impiedosa
tortura meu pulso conduzindo-me
a um *lugar seguro*, ao bacará na noite?

Que mão de mãe, que orações sussurram
lua após lua os lábios da lua
gritando sozinha no meio da rua
descobrindo-me na sarjeta, denunciando a todos

mi testamento secreto, mi pavor y mi miedo
sin descanso de encontrarme, no sé si hoy quizás, tal vez
mañana, jugando
ya para siempre al baccarrá en la noche?

meu testamento secreto, meu pavor e meu medo
sem descanso até encontrar-me, não sei se hoje, talvez
                                        amanhã, jogando
para sempre o bacará na noite?

El lamento del vampiro

Vosotros, todos vosotros, toda
esa carne que en la calle
se apila, sois
para mí alimento,
                              todos esos ojos
cubiertos de legañas, como de quien no acaba
jamás de despertar, como
mirando sin ver o bien sólo por sed
de la absurda sanción de otra mirada,
todos vosotros
                         sois para mí alimento, y el espanto
profundo de tener como espejo
único esos ojos de vidrio, esa niebla
en que se cruzan los muertos, ese
es el precio que pago por mis alimentos.

O lamento do vampiro

Vocês, todos vocês, toda
essa carne que na rua
se amontoa, são
para mim alimento,
                              todos esses olhos
cobertos de ramelas, como quem jamais termina
de despertar, como se
olhassem sem ver ou apenas por sede
da absurda sanção de outro olhar,
todos vocês,
                    são para mim alimento, e o espanto
profundo de ter como único espelho
esses olhos de vidro, essa névoa
em que se cruzam os mortos, esse
é o preço que pago por meus alimentos.

Autour du poème

Ici je dresse une poupée.
Mais quand l'instant se termine, je suis déjà prêt
a tomber là, nu
comme une poupée
(Après je vais pleurer à l'ombre
de ma poupée, et je vais faire beaucoup de bruit.)

Ici le poème se termine, ici
on expire, on dit toujours
le dernier mot : tu me condamnés, tu me fais
jailliz entre tes mains, et tu m'étrangles, et je dis
cependant toutes ces choses a l'oreille
de ma femme que je t'offre, a laquelle on a promis
très petite qu'elle serait aventrée. C'était
rien qu'une lesbienne, une femme pour jouer,
rien qu'une une poupée désireuse d'être
dans deux ou trois lignes
déchirée. Comme on déchire les enfants,
les poupées, ton oubli déjà prêt.

Arredor do poema

Aqui eu visto uma boneca.
Mas quando o instante se acaba, eu já estou pronto
a cair aqui, nu
como uma boneca.
(Depois eu vou chorar à sombra
de minha boneca, e eu vou fazer muito barulho.)

Aqui o poema se acaba, aqui
se expira, se diz sempre
a derradeira palavra: tu me condenas, tu me fazes
jorrar entre tuas mãos, e tu me estrangulas, e eu digo
contudo todas essas coisas ao ouvido
da minha mulher que te ofereço, à qual se prometeu
ainda bem pequena que ela seria desventrada. Não era nada
senão uma lésbica, uma mulher para brincar,
nada senão uma boneca desejante de estar
em duas ou três linhas
rasgadas. Como se rasgam as crianças,
as bonecas, o teu pronto esquecimento.

Ici le poème se termine: tout ce qui est léger doit tomber.
(Et Après je vais pleurer, sur la fenêtre,
devant les inconnus, et
je vais faire beaucoup de bruit.)

Aqui o poema se acaba: tudo o que é leve deve cair.
(E depois eu vou chorar, sobre a janela,
frente aos desconhecidos, e
eu vou fazer muito barulho.)[1]

[1] *Tradução do original em francês de Diogo Henrique Cardoso.*

El día en que se acaba la canción

Cuando el sentido, ese anciano que te hablaba
en horas de soledad, se muere
                                        entonces
miras a la mujer amada como a un viejo,
y lloras.
        Y queda
huérfano el poema, sin padre ni madre,
                                                y lo odias,
aborreces al hijo colgando
como un aborto entre las piernas, balanceándose allí
como hilo que cuelga o telaraña,
cuando el sentido muere,
                                    como un niño
castrado por un ciego,
al amparo de la noche feroz, de la noche:
como la voz de un niño perdido aullando en
                                                    el viento
el día en que se acaba la canción, dejando

O dia em que a canção acabou

Quando o sentido, esse ancião que te falava
nas horas de solidão, morre
                                        então
vês a mulher amada como um velho,
e choras.
          E fica
órfão o poema, sem pai nem mãe
                                                  e o odeias,
abominas o filho pendurado
como um aborto entre as pernas, ali balançando
como fio pendurado ou teia de aranha,
quando o sentido morre
                                    como uma criança
castrada por um cego
sob o amparo da noite, da noite feroz:
como a voz de uma criança perdida uivando
                                                              no vento
no dia em que a canção acaba, deixando

sólo un poco de tabaco en la mano,
y la ciudad ahora, las
ciudades convertidas en vastas plantaciones de tabaco,
y la mano
asombrada toca la boca sin labios
el día en que se acaba la canción, y se pierde
el hombre que a sí mismo le daba el nombre de alguien,
al dar la vuelta a una esquina, un atardecer sin música.
El día en que se acaba la canción el dolor mismo
es sólo un poco de tabaco en la mano,
y las palabras
son todas de antaño, y de otro país, y caen
de la boca sin dientes como un líquido
parecido a la bilis,
el día
en que se muere el sentido, ese
asesino que al crepúsculo hablaba y al
insomnio susurraba palabras y cosas,
el día

en que se acaba la canción miras
a la mujer amada como a un viejo, y
con la cabeza entre las piernas,
frente al mundo abortado, lloras.

apenas um pouco de tabaco na mão,
e a cidade agora, as
cidades convertidas em vastas plantações de tabaco,
e a mão
assombrada toca a boca sem lábios,
no dia em que a canção acaba, e se perde
o homem que dava a si mesmo o nome de alguém
ao dar a volta na esquina, um entardecer sem música.
No dia em que a canção acaba, a própria dor
é apenas um pouco de tabaco na mão
e as palavras
são todas antigas, e de outro país, e caem
da boca sem dentes como um líquido
parecido com a bílis,
no dia
em que o sentido morre, esse
assassino que no crepúsculo falava, e na
insônia sussurrava palavras e coisas,
no dia
em que a canção acaba, vês
a mulher amada como um velho, e
com a cabeça entre as pernas
diante do mundo abortado, choras.

Para A., *again* (y vuelta a empezar)

Digo yo si este espejo vale para que tú seas
frente a mi imagen arruinada, si este espejo
vale para los dos y si este cuerpo
canta en tu sexo y brilla
algo la cópula bajo la cúpula del techo,
digo yo si tú quieres que mi vida sea,
ahora que mi alma se quiebra entre los dos,
como por un abrazo.

Para A., *again* (e volta a recomeçar)

Pergunto se este espelho basta para que tu sejas
diante de minha imagem arruinada, se este espelho
basta para nós dois, e se este corpo
canta em teu sexo e se brilha um pouco
na cópula debaixo da cúpula do teto,
pergunto se tu queres que minha vida seja,
agora que minha alma se quebra entre nós dois,
como por um abraço.

Himno de la Espía

No hay nadie en el mundo, se diría salvo
la Espía.
¿Quién es la Espía?
Olana, se diría.
Posada en el techo hay una mosca
Olana allí me espía.
Miro al cielo, y él me mira:
¿no será Olana que me observa
quizás, tal vez, desde una nube
en forma de Espía?
Porque el cielo a nadie mira.
Recorro el mar con grandes piernas
son dos las piernas, mas de pronto
descubro al lado una tercera: mía no es,
luego es de Olana, que me espía,
ya no sé qué hacer sin esos ojos
que allí en el frío me vigilan;
mi figurón tiembla y vacila
no sé quién soy ya sin la Espía.

Hino da Espiã

Não há ninguém no mundo, se diria salvo
a Espiã.
Quem é a Espiã?
                              Olana, se diria.
Pousada no teto há uma mosca
Olana ali me espia.
Olho para o céu e ela me olha:
não será Olana que me observa
acaso, talvez, de uma nuvem
em forma de espiã?
Porque o céu não olha ninguém.
Percorro o mar com grandes pernas
são duas as pernas, mas de repente
descubro ao lado uma terceira: minha não é
logo é de Olana, que me espia,
já não sei o que fazer sem esses olhos
que ali no frio me vigiam.
Minha pompa treme e vacila
já não sei quem sou sem a Espiã.

Haiku

Te ofrezco en mi mano
los sauces que no he visto.

Haikai

Te ofereço em minha mão
                    os salgueiros que não vi.

***

sta selva selvaggia ed aspra e forte
— *Inferno*, Canto I. Dante.

Si no es ahora ¿cuándo moriré?
Si no es ahora que me he perdido en medio
del camino de mi vida, y voy
preguntando a los hombres quién soy, y
para qué mi nombre, si no es ahora
¿cuándo moriré?
Si no es ahora que aúllan los lobos a mi puerta
si no es ahora que aúllan los lobos de la muerte
si no es ahora que está como caído
mi nombre al pie de mí, y boquea, y pregunta
a Dios por qué nací: si no es ahora
¿cuándo moriré?

***

sta selva selvaggia ed aspra e forte[2]
— *Inferno*, Canto I. Dante.

Se não é agora, quando morrerei?
Se não é agora que me perdi no meio
do caminho de minha vida, e vou
perguntando aos homens quem sou, e
o porquê de meu nome, se não é agora
quando morrerei?
Se não é agora que uivam os lobos em minha porta
se não é agora que uivam os lobos da morte
se não é agora que meu nome caiu
sobre meus pés, e sussurra, e pergunta
a Deus por que nasci: se não é agora
quando morrerei?

---

[2] Esta selva selvagem, áspera e forte.

Imitación de Pessoa

para Edita Piñán, recordándole que la poesía llama imaginación a lo que ella se empeña en llamar locura.

Amor, no seas: huye del ser y que a ti el ser rehúya
como a un muerto, y dile, no me toques
como a un muerto, que no plante en ti
su zarpa de animal la vida, que
vivir es pecado, amor, no seas
huele mal la vida, amor
no seas que vivir es una
huida perenne de aquel nacer que extraños
conspiraron contra tu dicha un día, de aquel
nacer que esos desconocidos
te quisieron y no te pudo nadie
porque eres virgen todavía, virgen
como un santo, de la vida:
amor, sé como yo, no seas.

Imitação de Pessoa

para Edita Piñán, recordando-lhe que a poesia chama de imaginação o que ela se empenha em chamar de loucura.

Amor, não sejas: fuja do ser e que de ti o ser fuja
como foge de um morto, e diga-lhe, não me toques
como toca um morto, que a vida não crave em ti
sua garra de animal, pois
viver é pecado, amor, não sejas
cheira mal a vida, amor
não sejas, pois viver é uma
fuga perene desse nascer que estranhos
um dia conspiraram contra tua felicidade, desse
nascer que esses desconhecidos
amaram e que ninguém poderia fazê-lo
porque tu ainda eras virgem, virgem
como um santo, virgem da vida:
amor, seja como eu, não sejas.

Annabel Lee

Hay un nombre cuyo ruido hace
temblar el aire como si fuera de algo
el de mi hermosa ANNABEL LEE: el de una niña
que me amó como si yo algo fuera
y que al morir supo tan solo
a Dios decir un nombre, un ruido:
ANNABEL LEE.

Yo era una niña y ella casi un niño
nadando los dos bajo el mar; pero
nos amábamos ambos de algo como hierro
y llorábamos juntos los dos, bajo el cielo.
Y fuese ése el motivo quizás por el que un día
una lágrima cayó del cielo disolviendo
como un ácido el cuerpo que temblaba
de mi hermosa, de mi pálida ANNABEL LEE, y entonces
vinieron sus padres, gente de dinero
a hacerse cargo del alma, y dicen
que la enterraron bajo el mar.

Annabel Lee

Há um nome cujo ruído faz
tremer o ar como se fosse algo,
o nome de minha bela ANNABEL LEE: de uma menina
que me amou como se eu fosse algo
e que ao morrer soube apenas
dizer a Deus um nome, um ruído:
ANNABEL LEE.

Eu era uma menina e ela quase um menino
nadando os dois embaixo do mar; mas
amávamos algo de ferro em nós dois
e chorávamos os dois juntos, sob o céu.
E talvez tenha sido esse o motivo pelo qual um dia
uma lágrima caiu do céu dissolvendo
como ácido o corpo que tremia
de minha bela, de minha pálida ANNABEL LEE, e então
vieram seus pais, gente de dinheiro
encarregar-se de sua alma, e dizem
que a enterraram debaixo do mar.

Pero hoy los huesos de una niña bailan
allá junto a una roca, cerca
de aquel reino moribundo que hay
debajo del mar, y cantan
aún esa canción demente, la
de los seres que
se enterraron juntos pronunciando
a solas el nombre de
ANNABEL LEE.

Mas hoje os ossos de uma menina dançam
junto a uma rocha, perto
daquele reino moribundo que há
debaixo do mar, e ainda cantam
essa canção demente, a de
dois seres que
se enterraram juntos pronunciando
solitários o nome de
ANNABEL LEE.

Los misteriosos sobrevivientes

Dime si destruye mi mirada, dime si
queman más mis ojos que la furia del tiempo,
y que este espacio vacío en que los sueños
prometen suicidio, y quiénes
en la esquina, devoran aún mi cabeza, y escupen
sobre mi cadáver, y ríen
cuando cae la noche, y lloran
y gritan cuando por desgracia amanece
y mienten vistiendo a la vida con el traje del Espectro,
dime quiénes son, y qué es esto
que huye del ser como el ciervo del
cazador al crepúsculo, el vago
crepúsculo que se extiende como llanura infinita,
desafiando cualquier horizonte, el vasto
crepúsculo sin perspectiva que es ya toda la vida…
pero dime
quiénes son, borradas
todas las señales del cielo y caída

Os misteriosos sobreviventes

Diga-me se destrói meu olhar, diga-me se
meus olhos queimam mais que a fúria do tempo,
mais que este espaço vazio em que os sonhos
prometem suicídio,
e diga-me quem são aqueles na esquina, que devoram
minha cabeça, e escarram
sobre meu cadáver, e riem
quando cai a noite, e choram
e gritam quando desgraçadamente amanhece
e mentem vestindo a vida com a roupa de um fantasma,
diga-me quem são, e o que é isso
que foge do ser como o cervo foge
do caçador ao crepúsculo, o vago
crepúsculo que se estende como planície infinita,
desafiando qualquer horizonte, o vasto
crepúsculo sem perspectiva que já é toda a vida...
mas, diga-me
quem são, apagados
todos os sinais do céu e caída

sobre la tierra una vez más la luna, cuando
ya la noche no puede llamarse noche, y
los hombres se buscan ciegos en la noche,
quiénes entonces, dime quiénes, en el aire sin tiempo
hozan aún y escarban como cerdos en la
llanura sin sueño de la nada, y me
preguntan por mí, por ellos cuando
nada queda por vivir.

sobre a terra, uma vez mais, a lua, quando
a noite já não pode chamar-se noite, e
os homens se procuram cegos pela noite,
quem, então, diga-me quem são, no ar sem tempo
aqueles que chafurdam e cavam como porcos
na planície sem sonhar com nada, e
perguntam por mim e por eles
quando nada resta para viver.

La canción del croupier del Mississippi

Fifteen men on the Dead Man's Chest.
Yahoo! And a bottle of rum!
— CANCIÓN PIRATA

Fumo mucho. Demasiado.
Fumo para frotar el tiempo y a veces oigo la radio,
y oigo pasar la vida como quien pone la radio.
Fumo mucho. En el cenicero hay
ideas y poemas y voces
de amigos que no tengo. Y tengo
la boca llena de sangre,
y sangre que sale de las grietas de mi cráneo
y toda mi alma sabe a sangre,
sangre fresca no sé si de cerdo o de hombre que soy,
en toda mi alma acuchillada por mujeres y niños
que mueven ingenuos, torpes, en
esta vida que ya sé.

A canção do *croupier* de Mississippi

Fifteen men on the Dead Man's Chest.
Yahoo! And a bottle of rum!
— CANÇÃO PIRATA

Fumo muito. Demasiadamente.
Fumo para tocar o tempo e, às vezes, ouço o rádio,
e ouço passar a vida como quem liga o rádio.
Fumo muito. No cinzeiro há
ideias e poemas e vozes
de amigos que não tenho. E tenho
a boca cheia de sangue,
sangue que sai das rachaduras do meu crânio
e toda minha alma tem gosto de sangue,
sangue fresco, não sei se de porco ou de homem que sou,
em toda minha alma esfaqueada por mulheres e crianças
que se movem ingênuos, torpes, nesta
vida que eu já conheço.

Me palpo el pecho de pronto, nervioso,
y no siento un corazón. No hay,
no existe en nadie esa cosa que llaman corazón
sino quizá en el alcohol, en esa
sangre que yo bebo y que es la sangre de Cristo,
la única sangre en este mundo que no existe
que es como el Mal programado, o
como fábrica de vida o un sastre
que ha olvidado quién es y sigue viviendo, o
quizá el reloj y las horas pasan.
Me palpo, nervioso, los ojos y los pies y el dedo gordo
de la mano lo meto en el ojo, y estoy sucio
y mi vida oliendo.
Y sueño que he vivido y que me llamo de algún modo
y que este cuento es cierto, este
absurdo que delatan mis ojos,
este delirio en Veracruz, y que este
país es cierto, este lugar parecido al Infierno,
que llaman España, he oído
a los muertos que el Infierno
es mejor que esto y se parece más.
Me digo que soy Pessoa, como Pessoa era
Álvaro de Campos,

Eu toco meu peito de repente, nervoso
e não sinto um coração. Não há,
não existe em ninguém essa coisa que chamam coração
a não ser, talvez, no álcool, nesse
sangue que eu bebo e que é o sangue de Cristo,
o único sangue nesse mundo que não existe
que é como o Mal programado, ou
como fábrica de vida ou um alfaiate
que se esqueceu quem é e segue vivendo, ou
talvez o relógio e as horas passam.
Me toco, nervoso, os olhos e os pés, e coloco
o dedão da mão nos olhos, e estou sujo
e minha vida fedendo.
E sonho que vivi e que me chamo de algum modo
e que este conto é real, este
absurdo que dilatam meus olhos,
este delírio em Veracruz, e que este
país certamente, é um lugar parecido com o Inferno,
que chamam de Espanha, ouvi
dos mortos que o Inferno
é melhor do que isso e mais agradável.
Digo a mim mesmo que sou Pessoa, como Pessoa era
Álvaro de Campos,

me digo que estar borracho es no estarlo
toda la vida, es
estar borracho de vida y no de muerte,
es una sangre distinta de esa otra
espesa que se cuela por los tejados y por las paredes
y los agujeros de la vida.
Y es que no hay otra comunión
ni otro espasmo que este del vino
y ningún otro sexo ni mujer
que el vaso de alcohol besándome los labios
que este vaso de alcohol que llevo en el
cerebro, en los pies, en la sangre.
Que este vaso de vino oscuro o blanco,
de ginebra o de ron o lo que sea
—ginebra y cerveza, por ejemplo—
que es como la infancia, y no es
huida, ni evasión, ni sueño
sino la única vida real y todo lo posible
y agarro de nuevo la copa como el cuello de la vida y
cuento
a algún ser que es probable que esté
ahí la vida de los dioses
y unos días soy Caín, y otros

digo a mim que estar bêbado é não o estar
toda a vida, é
estar bêbado de vida e não de morte,
é um sangue distinto desse outro
espesso que se infiltra pelos telhados e pelas paredes
e pelos buracos da vida.
E então não há outra comunhão
nem outro espasmo que este do vinho
e nenhum outro sexo nem mulher
que não o jarro de álcool beijando-me os lábios
que este jarro de álcool que levo no
cérebro, nos pés, no sangue.
Que esta taça de vinho tinto ou branco,
de gim ou de rum ou o que for
— gim ou cerveja, por exemplo —
que é como a infância, e não é
fuga, nem evasão, nem sonho
senão a única vida real e todo o possível
e agarro de novo a taça como o pescoço da vida e
conto
a algum ser que é provável que esteja
aí a vida dos deuses
e uns dias sou Caim, e outros

un jugador de póker que bebe whisky perfectamente
y otros
un cazador de dotes que por otra parte he sido
pero lo mío es como en *Dulce pájaro de juventud*
un cazador de dotes hermoso y alcohólico, y otros días
un asesino tímido y psicótico, y otros
alguien que ha muerto quién sabe hace cuánto,
en qué ciudad, entre marineros ebrios. Algunos me
recuerdan, dicen
con la copa en la mano, hablando mucho,
hablando para poder existir de que
no hay nada mejor que decirse
a sí mismo una proposición de Wittgenstein mientras
sube
la marea del vino en la sangre y el alma.
O bien alguien perdido en las galerías del espejo
buscando a su Novia. Y otras veces
soy Abel que tiene un plan perfecto
para rescatar la vida y restaurar a los hombres
y también a veces lloro por no ser un esclavo
negro en el sur, llorando
entre las plantaciones!
Es tan bella la ruina, tan profunda
sé todos sus colores y es

um jogador de *poker* que bebe *whisky* perfeitamente
e outros dias
o caçador de dotes que já fui em algum momento
mas o de agora é como em o *Doce pássaro da juventude*
um caçador de dotes belo e alcoólico, e outros dias
um assassino tímido e psicótico, e outros sou
alguém já morto sabe-se lá quando
ou em que cidade, entre marinheiros ébrios. Alguns
lembram-se de mim, e dizem
com o copo na mão, falando muito,
falando para poder existir que
não há nada melhor do que dizer
a si mesmo uma proposição de Wittgenstein enquanto
sobe
a maré do vinho no sangue e na alma.
Ou alguém perdido nas galerias do espelho
procurando sua Noiva. E outras vezes
sou Abel que tem um plano perfeito
para resgatar a vida e restaurar os homens
e também às vezes choro por não ser um escravo
negro no sul, chorando
entre as plantações!
É tão bela a ruína, tão profunda
são todas as suas cores e é

como una sinfonía la música del acabamiento.
Como música que tocan en el más allá,
y ya no tengo sangre en las venas, sino alcohol,
tengo sangre en los ojos de borracho
y el alma invadida de sangre como de una vomitona,
y vomito el alma por las mañanas,
después de pasar toda la noche jurando
frente a una muñeca de goma que existe Dios.
Escribir en España no es llorar, es beber,
es beber la rabia del que no se resigna
a morir en las esquinas, es beber y mal
decir, blasfemar contra España
contra este país sin dioses pero con
estatuas de dioses, es
beber en la iglesia con música de órgano
es caerse borracho en los recitales y manchar de vino
tinto y sangre *Le libre des masques* de
Rémy de Gourmont
caerse húmedo babeante y tonto y
derrumbarse como un árbol ante los farolillos
de esta verbena cultural. Escribir en España es tener
hasta el borde en la sangre este alcohol de locura que ya
no justifica nada ni nadie, ninguna sombra
de las que allí había al principio.

como uma sinfonia a música de aniquilamento.
Como música que tocam no além,
e já não tenho sangue nas veias, apenas álcool,
tenho sangue nos olhos de bêbado
e a alma invadida de sangue como de um vômito torrencial
e vomito a alma pelas manhãs,
depois de passar toda a noite jurando
frente a uma boneca de borracha que Deus existe.
Escrever em Espanha não é chorar, é beber,
é beber a raiva daquele que não se resigna
a morrer nas esquinas, é beber e maldizer,
blasfemar contra Espanha
contra esse país sem deuses mas com
estátuas de deuses, é
beber na igreja com música de órgão
é cair bêbado nos recitais e manchar de vinho
tinto e sangue *Le livre des masques* de
Rémy de Gourmont
cair babado, úmido e tonto e
derrubar-se como uma árvore diante dos balões
da festa popular. Escrever em Espanha é ter
no sangue, até a borda, esse álcool de loucura que já
não justifica nada nem ninguém, nenhuma sombra
das que havia no princípio.

Y decir al morir, cuando tenga
ya en la boca y cabeza la baba del suicidio
gritarle a las sombras, a las tantas que hay y fantasmas
en este paraíso para espectros
y también a los ciervos que he visto en el bosque,
y a los pájaros y a los lobos en la calle y
acechando en las esquinas
"Fifteen men on the Dead Man's Chest
Fifteen men on the Dead Man's Chest
Yahoo! And a bottle of rum!".

E dizer ao morrer, quando já tenha
na boca e na cabeça a baba do suicídio
gritar às sombras, às tantas que há e aos fantasmas
neste paraíso para espectros
e também aos cervos que vi no bosque
e aos pássaros e aos lobos na rua
espreitando nas esquinas
"Fifteen men on the Dead Man's Chest
Fifteen men on the Dead Man's Chest
Yahoo! And a bottle of rum!".[3]

[3] *Tradução conjunta com Tiago Fabris Rendelli*

Territorio del miedo

Está sola la araña en el telar del miedo
está sola y lucha contra las estrellas del miedo
y canta, canta la araña canciones al miedo
que dicen por ejemplo: el miedo es una
mujer que camina descalza en la nieve
en la nieve del miedo, rezando, pidiendo a Dios de
rodillas
que no hay sentido, y que
camine la muerte por las calles
desnuda, ofreciendo su sexo y su mano para
acompañarnos en el Miedo.

Território do medo

Está sozinha a aranha no tear do medo
está sozinha e luta contra as estrelas do medo
e canta, canta a aranha canções para o medo
que dizem, por exemplo: o medo é uma
mulher que caminha descalça na neve
na neve do medo, rezando, pedindo a Deus
de joelhos

que não haja sentido, e que
caminhe a morte pelas ruas
nua, oferecendo seu sexo e sua mão para
acompanhar-nos no Medo.

El pájaro

Ah, el pájaro, el pájaro, el pájaro detenido
en el límite de las horas que dibuja en la sombra
el rostro de Dios, y grita en el bosque
una vez, y otra: OSCURO, OSCURO, OSCURO
y PARANA NADA, PARA NADIE, PARA NADIE,
y grita
y grita en el bosque y escribe la
letra imposible contra las paredes, silbando
a las estrellas la canción sacrílega, el
viento sombrío de su alma, el susurro, ¡ah el susurro!
el susurro que no acaba jamás, sibilando, hilando
laberintos en la noche para no volver,
¡el pájaro!
el gemido
aquel que produce siempre
a una hora eterna de la tarde,
advirtiendo del fin de la tarde, y escupiendo
a las horas y en contra
del vómito del tiempo, y de la saliva

O pássaro

Ah, o pássaro, o pássaro, o pássaro preso
no limite das horas, que desenha na sombra
o rosto de Deus, e grita no bosque
uma vez, e outra: ESCURO, ESCURO, ESCURO,
e PARA NADA, PARA NINGUÉM, PARA NINGUÉM,
e grita
e grita no bosque e escreve a
letra impossível contra as paredes, assobiando
para as estrelas a canção profana, o
vento sombrio de sua alma, o sussurro, ah, o sussurro!
o sussurro que não acaba jamais, assobiando, fiando
labirintos na noite para não retornar,
o pássaro!
o gemido
que ele sempre produz
na hora eterna da tarde,
advertindo sobre o fim da tarde, cuspindo
nas horas e contra
o vômito do tempo, e com a saliva

blasfema de las horas cuya obsesión es morir
es morir y matarnos
ah el pájaro que en el bosque sacrílego en donde
los falos caminan erguidos como hombres,
imitando a los árboles, recita
el evangelio del silencio y la
ternura de la muerte, el pájaro
aquel que habitaba en las tumbas
y a lo largo de aquel
camino preguntaba a
los que ya no viven quién es,
qué es el

ser

misterioso que no existe y no fue nunca
y que vuela despacio en la noche.

blasfema das horas cuja obsessão é morrer
é morrer e matar-nos
ah, o pássaro que no bosque profano, onde
os falos caminham erguidos como homens
imitando as árvores, recita
o evangelho do silêncio e a
ternura da morte, o pássaro
aquele que habitava as tumbas
e ao longo daquele
caminho perguntava aos
que já não vivem,
quem é
o que é o
ser
misterioso que não existe e que nunca foi
e que voa devagar na noite.

El loco

He vivido entre los arrabales, pareciendo
un mono, he vivido en la alcantarilla
transportando las heces,
he vivido dos años en el Pueblo de las Moscas
y aprendido a nutrirme de lo que suelto.
Fui una culebra deslizándose
por la ruina del hombre, gritando
aforismos en pie sobre los muertos,
atravesando mares de carne desconocida
con mis logaritmos.
Y sólo pude pensar que de niño
me secuestraron para una alucinante batalla
y que mis padres me sedujeron para
ejecutar el sacrilegio, entre ancianos y muertos.
He enseñado a moverse a las larvas
sobre los cuerpos, y a las mujeres a oír
cómo cantan los árboles al crepúsculo, y lloran.
Y los hombres manchaban mi cara con cieno, al hablar,

O louco

Eu vivi entre os subúrbios, parecendo
um macaco, eu vivi no esgoto
transportando as fezes,
vivi dois anos na Cidade das Moscas
e aprendi a nutrir-me do que solto.
Fui uma cobra deslizando
pela ruína do homem, gritando
aforismos em pé sobre os mortos,
atravessando mares de carnes desconhecidas
com meus logaritmos.
E apenas pude pensar que quando criança
me sequestraram para uma alucinante batalha
e que meus pais me seduziram para
executar o sacrilégio, entre anciãos e mortos.
Ensinei as larvas a moverem-se
pelos corpos e as mulheres a ouvirem
como cantam as árvores do crepúsculo, e choram.
E os homens manchavam minha cara com lama, ao falar,

y decían con los ojos "fuera de la vida", o bien "no hay
nada que pueda
ser menos todavía que tu alma", o bien "cómo te llamas"
y "qué oscuro es tu nombre".
He vivido los blancos de la vida,
sus equivocaciones, sus olvidos, su
torpeza incesante y recuerdo su
misterio brutal, y el tentáculo
suyo acariciarme el vientre y las nalgas y los pies
frenéticos de huida.
He vivido su tentación, y he vivido el pecado
del que nadie cabe nunca nos absuelva.

e diziam com os olhos "abandone a vida" ou "não há
nada que possa
ser pior que a tua alma" ou "como te chamas?"
e "que escuro é teu nome".
Eu vivi o branco da vida,
seus equívocos, seus esquecimentos,
sua torpeza incessante e recordo seu
mistério brutal, seu tentáculo
sujo a acariciar-me o ventre e as nádegas e os pés
frenéticos por fugir.
Eu vivi a tentação e vivi o pecado
que a ninguém cabe perdoar.

El noi del sucre

Tengo un idiota dentro de mí, que llora
que llora y que no sabe, y mira
sólo la luz, la luz que no sabe.
Tengo al niño, al niño bobo, como parado
en Dios, en un dios que no sabe
sino amar y llorar, llorar por las noches
por los niños, por los niños de falo
dulce, y suave de tocar, como la noche.
Tengo a un idiota de pie sobre una plaza
mirando y dejándose mirar, dejándose
violar por el alud de las miradas de otros, y
llorando, llorando frágilmente por la luz.
Tengo a un niño solo entre muchos, *as*
a beaten dog beneath the hail, bajo la lluvia, bajo
el terror de la lluvia que llora, y llora,
hoy por todos, mientras
el sol se oculta para dejar matar, y viene

O menino de açúcar

Tenho um idiota dentro de mim, que chora,
que chora e que não sabe, e olha
apenas a luz, a luz que não conhece.
Tenho um menino, um menino bobo, imóvel diante
de Deus, um deus que não sabe
senão amar e chorar, chorar pelas noites,
chorar pelos meninos, pelos meninos de falo
doce, e suave de tocar, como a noite.
Tenho um idiota de pé sobre uma praça
olhando e deixando-se ver, deixando-se
violar pela avalanche dos olhares dos outros, e
chorando, chorando fragilmente pela luz.
Tenho um menino sozinho entre muitos, *as*
a beaten dog beneath the hail,[4] debaixo da chuva, debaixo
do terror da chuva que chora e chora
agora por todos, enquanto
o sol se esconde para deixá-lo matar, e aparece

[4] "como um cão espancado sob o granizo". Verso do Canto 81 de Ezra Pound, em seu livro *Os Cantos*.

a la noche de todos el niño asesino
a llorar de no saber por qué, de no saber hacerlo
de no saber sino tan sólo ahora
por qué y cómo matar, bajo la lluvia entera,
con el rostro perdido y el cabello demente
hambrientos, llenos de sed, de ganas
de aire, de soplar globos como antes era, fue
la vida un día antes
de que allí en la alcoba de
los padres perdiéramos la luz.

na noite de todos, o menino assassino,
a chorar sem saber por que, sem saber fazê-lo,
sem saber, a não ser agora,
por que e como matar, debaixo da chuva inteira
com o rosto perdido e o cabelo demente
faminto, cheio de sede, cheio de desejo
do ar, de soprar balões como antes, como era
a vida um dia antes
dali, na alcova dos
pais, onde perdemos a luz.

Dedicatoria

Más allá de donde
aún se esconde la vida, queda
un reino, queda cultivar
como un rey su agonía,
hacer florecer como un reino
la sucia flor de la agonía:
yo que todo lo prostituí, aún puedo
prostituir mi muerte y hacer
de mi cadáver el último poema.

Dedicatória

Mais além de onde
a vida ainda se esconde, resta
um reino, e resta cultivar
como um rei sua agonia,
fazer florescer como um reino
a suja flor da agonia:
eu que a tudo prostituí, ainda posso
prostituir minha morte e fazer
de meu cadáver o último poema.

Senesco, sed amo

Amor mío, los árboles son falos que recuerdan al cielo
lo que fui,
y todos los hombres son monumentos de mi ruina.
De qué sirve llorar, en este crepúsculo en que el amor
empieza
si estás tú frente a mí, como lo que un día
fuiste: presagio de mí mismo, no de mi destrucción,
última rosa
para levantar la tumba,
para ponerla en pie como árbol
que contará de nuevo los cielos
mi vida, mi historia que el ocaso vuelve perdida, como
embalaje en manos de extraños
como excremento que a tus pies coloco o
abrumador relato fantástico: que yo era un perro
vagando donde no había vida,

Senesco, sed amo[5]

Amor meu, as árvores são falos que fazem o céu lembrar
o que fui
e todos os homens são monumentos de minha ruína.
De que adianta chorar, neste crepúsculo onde o amor
começa,
se estás diante de mim, da maneira como um dia
foste: presságio de mim mesmo, não de minha destruição,
última rosa
para levantar a tumba,
para colocá-la em pé como uma árvore
que contará de novo aos céus
minha vida, minha história que no poente retorna perdida,
como embalagem na mão de estranhos
como excremento que coloco a teus pés ou
uma ficção fantástica e obscura: que eu era um cão
vagando onde não havia vida,

[5] Verso atribuído ao poeta grego Anacreonte (563 a.C.), traduzido para o latim, e que em português significa: "Envelheço, mas amo". Foi citado por Ezra Pound no canto 80 de seu livro *Os cantos*.

lamiendo día a día la lápida que me sugiere
y ahora seré si quieres, fuego fatuo
que alumbre por las noches tu lectura, y ruido
de fantasmas para alejar el silencio, y canción en la sombra,
y mano
que no supo de otra, y hombre
buscándote en el laberinto, y allí gritando cerca del
monstruo tu nombre, e imaginando tus ojos.

lambendo dia a dia a lápide que me apontas,
e agora serei, se quiseres, fogo fátuo
que ilumina tua leitura durante a noite, e serei ruído
de fantasmas para afastar o silêncio, e canção na sombra
e mão
que não conhece nenhuma outra, e homem
buscando-te no labirinto, e ali gritando perto do monstro
o teu nome, e imaginando teus olhos.

Saint Malcolm parmi les oiseaux

Al alcohol

Quién grita, vengativo, en el palacio sin nombre,
quién grita, quién me fuerza a vivir con su
látigo restallando a diario en mi espalda,
quién sino esta
tentación perpetua al… dolor de la nada,
de esta muerte que invita, esta
obsesión perpetua de sufrir por nada, por
lo que no vale, y lo que no es
esta muerte, y este
dulce dolor para nadie y para todos,
este dulce dolor como un pecado.

Saint Malcolm entre os pássaros

Ao álcool

Quem grita, vingativo, no palácio sem nome,
quem grita, quem me força a viver com seu
chicote estalando diariamente em minhas costas
quem, senão essa
tentação perpétua à... dor do nada
dessa morte que convida, esta
obsessão perpétua de sofrer por nada, pelo
que não tem valor, e pelo que não é
essa morte, nem essa
doce dor de ninguém e de todos,
essa doce dor como um pecado.

El mensajero llega con retraso

(*de* El Castillo *de Kafka*)

Tarde viniste, dije, Bernabé, mensajero:
he ocultado mi vida
y en este cuarto nada visible queda.
Todo lo más, dije
aúllan espectros débilmente en las rendijas
de las paredes, y me suelo
tirar un gran pedo cada vez que me acuerdo
de cómo fue y no debió ser; y los días pasados
son como bandada de pájaros en el desierto otra vez,
en la arena que cubren la calaveras: están
parados todos los relojes, y mi alma emana
un insoportable hedor a tabaco. Y los hilos cuelgan
de los libros tantos y todos
por fin en blanco, sin título ni portada.
Veo al mar estrellarse contra la ventana
que mi enorme fuerza de esclavo condenado
a galeras no puede ya cerrar. Como en un

O mensageiro chega com atraso

(*de* O Castelo, *de Kafka*)

Tarde chegaste, eu disse, Barnabé, mensageiro:
ocultei minha vida
e ela está nesse quarto invisível.
Ademais, eu disse,
uivam debilmente os fantasmas pelas frestas
das paredes e costumo
soltar um enorme peido toda vez que me lembro
de como fui e não deveria ter sido; e os dias passados
são outra vez como revoada de pássaros no deserto,
na areia que cobrem as caveiras: estão
parados todos os relógios e minha alma emana
um insuportável fedor de tabaco. E os fios pendem
de tantos livros e todos estão
finalmente em branco, sem título nem capa.
Vejo o mar colidir-se contra a janela
e minha enorme força de escravo condenado
ao navio já não pode fechá-la. Como em um

mundo submarino, los monstruos fosforecen
nadando en mi conciencia. Huyeron ya las
vírgenes, y sobre todo aquella cuyo
cabello canté cuando el asedio
de Troya, la de los bucles
dorados que extendiéndose tocaba las
nubes y molestaba a los reyes sentados.
Compro el periódico y leo sin asombro
que ayer he muerto: y es por eso que te digo
tarde llegaste, Bernabé, mensajero.
Feliz cuando ya no podía serlo,
ebrio, ebrio como un esfuerzo
feroz para ser alguien donde ya no es nadie,
quiero decir —en este espacio
que alguien llama "Nadie"—, y viendo
el gozo a los lejos como ciervo que huye
y al que sin poder ya tener, adoro
y contemplo como a un intruso
cantando demasiado alto entre estas
paredes, como sucede en
The old men admiring themselves in the water
los viejos que en el agua se asombran de sí mismos,
sintiendo sólo el dolor de no poder ya sentir nada.

mundo submerso, os monstros brilham
nadando em minha consciência. Já fugiram as
virgens, sobretudo aquela cujo
cabelo eu cantei quando houve o cerco
de Troia, a de cachos
dourados que, ao esticá-los, tocavam as
nuvens e irritavam os reis sentados.
Compro o jornal e leio sem assombro
que ontem eu morri: e é por isso que te digo
tarde chegaste, Barnabé, mensageiro.
Feliz quando já não podia sê-lo,
ébrio, ébrio como um esforço
feroz para ser alguém onde já não és ninguém,
quero dizer — nesse espaço
que alguém chama "Ninguém" — e vendo
o gozo ao longe como um cervo fugitivo
e já sem poder tê-lo, adoro
e contemplo como um intruso
cantando demasiado alto entre essas
paredes, como acontece em
The old men admiring themselves in the water[6]
os velhos que na água se assombram de si mesmos
sentindo apenas a dor de já não poder sentir nada.

[6] "Os velhos admirando-se na água", poema de William Butler Yeats.

La oración

Y la Madre reprendió al niño, y dijo
qué haces que no velas el cadáver
y él puso su boca en aquel falo, y
sorbió lentamente como de un alimento
porque el muerto ese era el incienso
que purificaba los
sabidos hedores del teatro, su
turbia agonía de modo que al crepúsculo la madre repetía
de golpe despertando del sueño Hijo mío ve y mira
al fondo para saber si duerme o si nos piensa
y no te olvides nunca de velar el cadáver:
que nos absuelva, dile, que hemos vivido mucho
y tropezamos ya con los muebles, y el alma está
podrida, y huele
demasiado, demasiado: ve y mira si nos piensa
y el hijo sorbía de aquel ano abierto.

A oração

E a Mãe repreendeu o menino, e disse
o que fazes que não velas o cadáver
e ele colocou sua boca naquele falo, e
sorveu lentamente como se fosse um alimento
porque o morto era o incenso
que purificava os
conhecidos fedores do teatro, de modo
que ao crepúsculo a mãe repetia sua turva agonia,
acordando de repente do sonho, Filho meu, vai e olha
fundo para saber se ele dorme ou se pensa em nós
e não te esqueças nunca de velar o cadáver:
que nos perdoe, diga-lhe, por termos vivido muito
já estamos tropeçando contra a mobília, e a alma está
podre, e fede
demasiado, demasiado, vai e olha se ele pensa em nós
e o filho sorvia aquele ânus aberto.

epílogo

A aquella mujer que quise tanto

Veías cómo día a día te frotaba
los muslos con la pesadilla,
y al terror escarbar en los dominios del sexo
y nada me decías.

Veías en mis ojos escenas de otros tiempos
secuencias de casas quemadas y rumor de linchamiento
y tocabas con asco las escamas
y no decías nada.

Y me lavabas con el trapo el culo:
todo lo que quedaba,
y decías que era el viento cuando fuera gritaban
los perros otra vez mi muerte:
y me hablabas del viento porque nada quedaba.

Fingías no verme cuando a solas pedía
la muerte que me era debida,
y cuando insistía en que era

A aquela mulher que quis tanto

Vias como todo dia eu esfregava
tuas coxas com o pesadelo,
e escavava o terror nos domínios do sexo
e nada me dizias.

Vias em meus olhos cenas de outros tempos
sequências de casas queimadas e rumor de linchamento
e tocavas com asco as escamas
e não dizias nada.

E me lavavas o cu com um trapo:
tudo o que me restava,
e dizias que era o vento quando os cães uivavam lá fora
outra vez a minha morte:
e me falavas do vento porque nada permanecia.

Fingias não me ver quando a sós pedia
a morte que me era devida,
e quando eu insistia que fosse

la habitación una capilla ardiente
para quemar los días como cigarros o velas,
honra póstuma a lo que en mi cuerpo había:
decías que era el viento.

Besabas con el oro
blando de tu paciencia la corona
grotesca de mi locura,
y dejabas que amaneciera y luego
oscureciera en la ventana cerrada:
decías que era el tiempo.

Decías que era yo cuando espectros creía
ver en tu cabeza, y en tu
corazón la danza nocturna
y cuando te pegaba e insultaba
blasfemando contra lo más tierno
y no sabía que me amabas.

Y así vivir es sólo mendigar a tus puertas
y esperar a tus pies, y soñar tu mirada en el limbo
cruel de las paredes de este cuarto,
aun cuando también podría
decir que acepto la vida

o quarto um velório em chamas
para queimar os dias como charutos ou velas
honra póstuma que meu corpo merecia:
tu dizias que era o vento.

Beijavas com o ouro
brando de tua paciência a coroa
grotesca de minha loucura,
e deixavas que amanhecesse e depois
que escurecesse na janela fechada:
dizias que era o tempo.

Dizias que era eu quando acreditava ver
fantasmas em tua cabeça, e em teu
coração a dança noturna
e quando te batia e te insultava
blasfemando contra o mais terno
não sabia que me amavas.

E assim viver é apenas mendigar em tua porta
e implorar a teus pés, e sonhar com teu olhar no limbo
cruel das paredes deste quarto,
mesmo quando também poderia
dizer que aceito a vida

por respeto a ti que tienes piedad de ella
y yo no sé si hay, y no quisiera
creer que la hubo en algún día extraño,
y yo no sé si hay.

Yo no sé si hay, y qué es esto que brota
parecido al pus por las paredes, y qué estos libros
viejos como mi vida, testigos de secretos
absurdos y grotescos que ya a nadie interesan,
ridículos como mi vida y más cómicos
aún que mi figura.

Yo no sé si hay vida,
o si aquí queda alguna, y
si no es blasfemia esto, si no es pecar vivirlo
si merece su ser esta soledad de lepra
y maldición que nombran sólo
los otros por su huida, y con risas y orgías
en torno a este cadáver frágil, aire sólo,
y celebran mi rutina y orinan encima, por las noches
de esta tumba inmensamente humillada.

Yo no sé cómo puede ser tan inmensa mi muerte,
ni cuál es el misterio que hace pasar los días

por respeito a ti que tens piedade dela
e não sei se ela existe, e não quis
crer que eu a tive em algum dia estranho
e não sei se existe.

E não sei se existe, nem o que é isto que brota
parecido com pus pelas paredes, estes livros
velhos como minha vida, testemunhas de segredos
absurdos e grotescos que já não interessam a ninguém,
ridículos como minha vida e ainda mais cômicos
que minha aparência.

Eu não sei se existe vida
ou se aqui resta alguma, e
se isto não é blasfêmia, se viver isto não é pecado
se seu ser merece esta solidão leprosa
e esta maldição que rogam os outros
apenas por sua fuga, e com risos e orgias
em torno deste frágil cadáver feito apenas de ar,
celebram minha ruína e mijam, pelas noites,
em cima desta tumba imensamente humilhada.

Eu não sei como pode ser tão imensa minha morte
nem qual o mistério que faz os dias passarem

ni lo que tiene en pie el muñeco que anda
ya torcidos los hilos y sin saber ya nada
ni por qué he escrito esto, ni si hay algo escrito
si no están las letras en la acera borradas,
de toda la cultura.

Yo no sé qué es la luz
misteriosa y cruel que aparece a esa hora
eternamente inmóvil de una absurda mañana
yo no sé pero sé que hay cerca de mí una hermana
único ser que existe aún después de la nada:

Y esa lengua que lame
día tras día las llagas que hay por nada
y el dolor sin dolor, como una sombra vana,
como dolor de muelas o carie en una cama,
esa lengua incansable que acaricia la lepra
esa que ama a los muertos sea quizás, hoy, que
por fin nada
queda ya escrito,
sobre un papel fantasma el único poema.

nem o que mantém em pé o boneco
que anda com os fios torcidos e sem já nada saber
nem por que escrevi isto, nem mesmo se há algo escrito
nem se as palavras estão todas na sarjeta,
apagadas de toda a cultura.

Eu não sei o que é a luz
misteriosa e cruel que surge nessa hora
eternamente imóvel de uma absurda manhã
eu não sei, mas sei que há perto de mim uma irmã
único ser que ainda existe depois do nada:

E essa língua que lambe
dia a dia as chagas que surgem sem motivo
e a dor sem dor, como uma sombra vã,
como uma dor de dente ou cárie em uma cama,
essa língua incansável que acaricia a lepra
seja talvez, hoje, essa que ama os mortos
e que por fim
nada reste já escrito,
sobre um papel fantasma o único poema.

[tradutor]
pedro spigolon

é poeta e editor. Nasceu em Araras/SP. Publicou *Espanto* (Medita, 2015), seu primeiro livro de poemas, contemplado pelo edital do ProAC, na coleção *Galo Branco*. É editor da *Intempestiva, revista de literatura e artes visuais.* Organizou diversos eventos literários como o sarau *Intoxicações Líricas*, em Campinas, e o *ELA* (Encontro Literário de Araras). Atualmente reside em São Paulo e trabalha como editor na editora Urutau.

■ primeira edição
■ setembro de 2019